Mellie Eliel

Les péripéties de Sila

Tome 3

La torture de l'âme

L'épreuve finale

Roman

Mellie Eliel

© 2024 Mellie Eliel, Tous droits réservés

ISBN : 978-2-3225-3537-8

Date de parution : nov.2024

Édition : BoD · Books on Demand GmbH, In de Tarpen 42, 22848 Norderstedt (Allemagne)

Impression : Libri Plureos GmbH, Friedensallee 273, 22763 Hamburg (Allemagne)

Dépôt légal : Novembre 2024

Le code de la propriété intellectuelle n'autorisant aux termes des paragraphes 2 et 3 de l'article L.122-5, d'une part, que les copies ou reproductions strictement réservées à l'usage privé du copiste et non destinées à une utilisation collective et, d'autre part, sous réserve du nom de l'auteur et de la source, que les analyses et les courtes citations justifiées par le caractère critique, polémique, pédagogique, scientifique ou d'information, toute représentation ou reproduction intégrale ou partielle, faite sans le consentement de l'auteur ou de ses ayants droit ou ayants cause, est illicite (article L.122-4). Cette représentation ou reproduction, par quelque procédé que ce soit, constituerait donc une contrefaçon sanctionnée par les articles L.335-2 et suivants du Code de la propriété intellectuelle.

1

Sila était enchaînée au niveau des pieds et des mains. Elle ne pouvait plus bouger, chaque essai s'avouèrent infructueux et douloureux. En effet, les anneaux métalliques se resserraient sur sa peau, s'incrustant dedans, la faisant atrocement souffrir.

Elle se trouvait au centre d'une grande place où elle subissait le châtiment de tous ceux qui vivaient autour d'elle, sur le monde de Caombre. Elle n'avait plus revu les siens depuis presque une semaine. Habituellement, il ne passait pas une journée sans qu'elle ne les voit et ne passe du temps de qualité avec ces derniers. Elle se demandait quand viendraient-ils la sauver de cet enfer ?

Des jours passèrent, des semaines et même des mois, sa condition avait évolué. Elle se trouvait, à présent, près de Caombre, un bracelet au poignet avec une tête de cafard comme verrou.

Elle était transformée, elle se voyait différente, elle se sentait autre. Des mois, peut-être même des années étaient passés et elle se trouvait toujours au côté de Caombre, exécutant ses ordres et en donnant également. En effet, elle avait prouvé sa loyauté à ce dernier à bien des reprises.

Ils avaient prévu une très grande attaque meurtrière auprès des mondes alentours et ils s'y préparaient depuis des mois, elle serait à la tête de l'armée. Ils étaient à la veille de cette date fatidique et elle se reposait dans ses quartiers, tout d'un coup, elle se releva brusquement et ressentit une vive douleur derrière la nuque, elle frotta et constata que des filaments d'un capteur se trouvaient au bout de ses doigts. Prise d'une colère noire, elle attrapa un couteau proche d'elle et se l'enfonça dans la peau, se faisant saigner abondamment. Après maints efforts et douleurs insupportables, elle finit par arracher l'objet intru et l'observa longuement. Celui-ci avait emporté avec lui des morceaux de chair ensanglanté qui coulaient partout. Elle semblait n'en faire aucun cas, elle n'avait aucune réaction. Elle s'empressa de sortir de sa tente et de rejoindre la grande salle de Caombre pour lui demander des explications.

Celui-ci était en pleine assemblée. Des gardes Catrides lui refusèrent l'entrée. Elle hurla si fort que leur chef en personne sortit et vint la trouver. Il lui dit : "Qu'as-tu ? Pourquoi faire ce scandale la veille de notre guerre des pouvoirs ?"

Sila lui montra le capteur et lui lança : "Qu'est-ce que ceci ?"

Caombre éclata de rire et lui dit : "Tu peux le jeter au feu, il a fait sa mission."

Sila : Comment ça ?

Caombre : Ce capteur a été la clé pour te corrompre, dedans se trouvait un poison de corruptibilité que nous avons utilisés pour te faire rejoindre nos rangs, et cela a fonctionné brillamment ! À présent, le poison fait entièrement partie de toi, il circule librement dans ton sang et tu es avec nous, tu m'as prouvé que c'était le meilleur choix pour te faire basculer de l'autre côté.

Sila poussa un cri strident au point que tous les Catrides se bouchent les oreilles, elle sortit le couteau qu'elle avait dans la poche et égorgea ce dernier. Elle lui dit, alors qu'il agonisait : "Tu m'as rendu corruptible, tu ne t'attendais pas à ce que je prenne ta place. Maintenant, tu connaitras ta fin plus tôt que prévu pendant que je prendrais le contrôle sur tout le monde."

Ainsi Caombre avait œuvré pour la perte de Sila mais aussi pour la sienne, sans même le savoir.

2

Les gardes demeurèrent choqués par la perte de Caombre, celui qu'ils craignaient tous beaucoup, en aucun cas, ils n'avaient imaginé qu'il pourrait disparaitre de la sorte, et encore moins tué par sa captive de cette façon. Alors lorsqu'elle se redressa avec un air de folledingue, elle leur dit : "Maintenant, c'est moi qui vais gouverner et croyez-moi, vous regretterez Caombre. Il a voulu me corrompre et il a réussi, j'ai perdu tout ce que j'étais, j'ai perdu tous ceux que j'aimais et tout ce qui me définissais alors je vais laisser ma rage, ma colère et ma haine se déversaient partout."

Les membres de l'assemblée s'approchèrent et s'écrièrent : "Gloire à Sila, notre nouvelle leader !"

Ils s'inclinèrent devant elle et tous firent de même. Ils ressentaient que les effets du poison étaient terribles et que Caombre en avait fait une tueuse, une guerrière et une brute pire que lui. Tous la craignaient, tous la redoutaient.

Dès qu'elle avait atterrie parmi eux, coupée des mondes, elle avait été enfermée dans une misérable tente entourée de petits sou fifres de Catrides et elle était passée par de multiples phases. Tout d'abord physiquement, avec des maux de tête à vouloir se fracasser le crâne contre le sol, des visions hallucinatoires, des changements de personnalité, des pertes de contrôle. Puis, en parallèle, elle avait subi des changements physiques importants. En effet, lui était apparu des marques sur sa peau, plusieurs ombres sombres et elle avait la capacité de changer d'apparence. Chose qu'un humain est incapable de réaliser.

Elle avait traversé toutes ces modifications tout en ayant l'impression d'être à nouveau dans ses différents foyers et familles d'accueil maltraitant et malaimant. Caombre n'avait lésiné sur aucun détail, pour la faire sombrer davantage, il avait recréé l'univers de son passé sur Terre afin de l'emprisonner mentalement et physiquement, la plongeant dans ses pires souvenirs, exacerbant sa souffrance et affaiblissant sa volonté. Elle était seule tout ce temps, personne n'avait le droit de lui rendre visite, n'ayant que le poison la hantant comme seule compagnie.

Elle avait l'impression que cela ne s'arrêterait jamais, qu'elle était dans une spirale infernale qui ne prendrait jamais fin. Un jour pourtant, après avoir complètement changer d'apparence et ne ressentant plus que de l'amertume, du désespoir, de la frustration, de la colère, de la rage, de la souffrance à outrance, du dégoût, l'envie de faire du mal et d'en répandre partout et à tout le monde, elle reçut la visite de Caombre en personne qui venait voir son œuvre. Constatant que tout fonctionnait comme il l'avait prévu, il la fit sortir de son trou sale et misérable et l'invita à le rejoindre dans ses multiples quêtes. Elle se montra digne et lui prouva par ses actes et pensées qu'elle était bien comme eux. Plus aucune étincelle de vie ni de lumière ne l'habitait. Elle était éteinte. Elle était comme morte et passerait sa vie à obéir aux ordres aveuglément, sans poser la moindre question. En tout cas, c'est ce que pensait Caombre, jusqu'à ce que sa tête roule sur le sol de sa demeure et que son sang noir ne s'écoule de sa carcasse.

Sila portait à présent la pseudo couronne qu'il avait fait réalisé et elle prit les quartiers de son prédécesseur. Elle ne s'était plus revu dans un miroir jusqu'à ce moment où elle le put enfin. Lorsqu'elle vit son reflet, elle manqua de perdre l'équilibre et de tomber. Elle ne parvenait plus à se rappeler ce qu'elle était avant sa venue ici mais elle était sûre qu'elle ne ressemblait pas à cela.

Elle donna un coup de poing au miroir qui se fêla mais ne se brisa pas. Elle se repassait les explications de Caombre en tête, il l'avait kidnappé, il lui avait placé ce capteur de malheur dans la nuque qui déversait ce poison de corruptibilité afin qu'elle devienne comme eux et qu'elle se perde à jamais. Elle avait envie de hurler, elle ne ressentait plus que de la colère, de la haine et de la rage.

Alors qu'elle se laissa tomber contre le mur de la vaste pièce, elle vit sur le parquet, une trappe, elle la souleva et découvrit le petit carnet, qui lui rappelait vaguement quelque chose, ainsi que les fioles d'eau de Source qu'elle avait jadis, toujours sur elle. Elle les contempla longuement, tentant de retrouver dans sa mémoire des souvenirs, en vain.

Cela la désespérait. Elle se demandait, à présent, depuis combien de temps elle était parmi eux ? Là encore, elle n'en avait pas le moindre souvenir. Il y avait trop de zone d'ombre autour d'elle.

3

Charioton et ses amis avaient rejoints le Père Noël et tentaient de contacter Sila. Plus personne n'avait eu de ses nouvelles depuis une année et demie. Le temps était comme suspendu de leur côté, comme figé. Plus aucun n'avait goût à rien, ils réalisaient que sans leur petite Sila, la vie était monotone. Que lui était-il arrivé ? Qui avait bien pu la leur enlever si brusquement ? Ils avaient tenté à maintes reprises de la retrouver, ils avaient exploré tous les mondes connus, inconnus, en vain. Ils n'avaient aucune piste. Le Père Noël qui était en vacances auprès de ses lutins et tous ses habitants étaient également très inquiets.

Qu'était arrivé à cette dernière qui les avaient tous sauvés jadis ? Un vide immense et ingérable s'était emparé d'eux et laissait une plaie béante et suintante au cœur qui paraissait s'aggraver chaque jour supplémentaire. Aucun d'eux ne pouvait imaginer ce qu'elle endurait depuis tout ce temps, ce qu'elle avait traversé. Aucun d'eux ne se doutait de l'horreur subit. Elle était recroquevillée sur le parquet et grelottait ardemment. Elle se sentait mal, au point qu'au petit matin, elle ne put se lever et se préparer pour l'attaque organisée des mois auparavant.

Alors qu'elle semblait à mille lieues, elle reçut la visite d'une vieille connaissance qui se posta devant elle et qui lui dit : "Sila ! Sila ! Réveille-toi, je suis là pour t'aider à te libérer du poison et à retrouver ton ancienne vie !"

Sila n'était plus là, elle semblait perdue. Il s'approcha et écouta attentivement s'il entendait son pouls. Celui-ci battait très faiblement. Il allait la soulever lorsqu'il entendit des voix derrière la porte et un Catride l'ouvrir et lui dire : "Sa majesté Sila, a-t-elle oublié ses obligations ? Tout le monde vous attends à l'extérieur pour donner l'alerte !"

Il s'approcha d'elle, retrouva les fioles vides, le carnet ouvert et celle-ci au sol, inanimée. Il comprit et repartit aussi vite qu'il était apparu.

Alors que le nouvel arrivant allait ressortir de sa cachette, la porte se rouvrit sur une dizaine de Catrides qui la soulevèrent et la jetèrent en dehors de leur monde, dans les profondeurs des univers, son corps se heurtant aux milliers d'étoiles, de planètes et de météorites, se blessant davantage.

L'allié de Sila voulut la rattraper au vol mais n'en eut pas le temps. Lorsqu'enfin, il la retrouva, elle était immobile avec des larmes qui coulaient le long de ses joues. Cela lui brisa le cœur et il s'empressa de la guérir comme, il y a longtemps, elle l'avait fait pour lui. Après les soins minutieux, il se posa près d'elle et pria intensément. Il n'était plus du tout le même, il était différent. Il était passé par les mêmes étapes qu'elle, après les multiples chutes de Ligotor, son sosie, Ramilles et Limbes, il était resté seul et ignoré de tous. Pendant de nombreux mois, il voulut se venger qu'on le laisse ainsi puis il fut secouru par la Source qui le libéra de ses chaines mentales, physiques, énergétiques et celle-ci lui donna pour mission de sauver Sila qui vivait la même expérience terrible par laquelle il était passé. Il fit alors la promesse à cette dernière de tout faire pour la sauver, la ramener vivante et en forme auprès des siens, qu'il pourrait également rejoindre, enfin libre et purifié de tous péchés et de tous vices. C'est pourquoi il était là auprès de Sila, il avait beaucoup plus confiance en lui, beaucoup plus d'agilité et de détermination. Il savait où il allait, ce qu'il devait faire et surtout, il agissait en âme et conscience, chose qui ne lui était jamais arrivé. Et puis, il regrettait amèrement son comportement avec celle-ci, elle ne méritait pas cela. Il prenait sa mission très au sérieux, bien plus que n'importe qui. Il voyait combien elle était affectée, combien elle était diminuée et il ne l'acceptait pas. Il demeura près d'elle jusqu'à ce qu'elle se réveille.

4

Elle se réveilla au bout d'une semaine environ, elle se trouvait seule et elle bascula dans le vide. Heureusement que Propulsio était proche, il put à loisir la secourir. Choquée par cette apparition, elle hurla jusqu'à ne plus avoir de voix. Il lui dit : "Doucement, tu vas te faire mal à la gorge. Je suis venu te voir lorsque tu étais dans ta chambre sur l'ancien monde de Caombre mais tu n'étais pas consciente, c'est pour cela que tu n'as aucun souvenir de moi. Mais il y a quelques années maintenant, nous nous sommes rencontrés et tu m'as sauvé, soigné et d'une certaine façon guérit. Alors je suis là pour faire la même chose pour toi, aujourd'hui."

Tout en disant cela, ils étaient retourné sur l'astéroïde qui se mit à trembler et qui finit par s'ouvrir, les faisant basculer dans ses entrailles. Sila ne comprenait rien, elle se sentait particulièrement mal, elle ressentait les effets du poison sur son âme, son esprit, sa force vitale, tout en fait. Et cela la faisait tellement souffrir qu'elle ne parvenait plus à résister. Elle ne réalisait pas ce qui lui arrivait. Propulsion, de son côté découvrait avec stupeur, un monde dans l'astéroïde, incroyable, à couper le souffle. Un monde d'aqueducs, de plaines, de drapeaux et de bonshommes de neige. Rien ne coïncidait, les paysages étaient époustouflants mais les habitants étaient si différents et improbables, qu'il ne comprenait pas bien ce qu'ils faisaient là. Tout d'un coup, ils entendirent une voix leur dire : "Je vous ai fait rentrer car Sila est recherchée activement par les Catrides, ils cherchent désespérément sa dépouille pour la brûler et lui faire subir des sévices terribles."

Sila en entendant cela, releva sa tête tant bien que mal et rétorqua : "Je leur ferais couper la tête pour leurs actes à mon encontre, je suis actuellement la Souveraine de notre monde, ils ne peuvent pas m'évincer ainsi. J'ai pris du retard, certes, sur ce qui était prévu mais rien n'est perdu."

L'astéroïde lui dit alors : "Je suis dans le regret de t'informer que tu ne représentes plus rien pour eux, tu as bu les fioles de l'eau de la Source qui t'ont rendu dans cet état catatonique et si Propulsio n'était pas venu t'aider, je doute que tu aurais survécu."

Sila : Mais qu'était-ce exactement ? J'ai ressenti de violents maux de ventre, j'ai été prise de douleurs si intenses que j'ai cru que j'étais en train de mourir.

La météorite répondit : "Je dois te conter une histoire très importante qui t'intéresse au plus haut point, cette histoire raconte la vie et ses débuts."

Sila ne comprenait pas, elle se releva, s'approcha de Propulsio, observa les alentours et fut prise d'un immense vertige. Elle s'agrippa à ce dernier, se pencha sur le côté et vomit pendant des heures. Au bout de ce temps, Propulsio l'aida à se rasseoir et lui passa un baume que la Source lui avait donné, uniquement lorsqu'elle aurait évacué le plus gros du poison, afin qu'elle retrouve ses esprits peu à peu. L'attaque contre elle, le poison, l'acharnement à son encontre étaient si forte qu'elle aurait dû y rester, si elle n'avait pas reçu l'aide de ces derniers. Et chacun d'eux le savaient, ils ne leur restaient plus qu'à lui faire réaliser. À présent, cela serait plus facile, sans l'excès de poison en elle. Ils furent rejoints par les bonshommes de neige, trois aqueducs, quatre drapeaux et deux plaines leur dirent : "Nous allons assistés à l'histoire. Ne faites pas attention à nous."

Sila les regardaient avec un air interrogateur, elle se sentait toujours aussi mal. Elle avait rarement été aussi ravagée par qui que ce soit. C'était un miracle qu'elle soit toujours vivante. Elle se demandait bien pourquoi d'ailleurs, si c'était ça la vie, autant se supprimer. Le poison agissait toujours, laissant de très nombreuses séquelles à celle-ci. Le chemin serait long et sinueux mais avec l'aide de ces derniers, elle finirait sans doute par y parvenir. Tous l'espéraient.

5

Au bout d'un temps relativement court, la météorite prit enfin la parole : "Je vais vous conter les débuts de la vie. Tout d'abord, ce n'est pas un hasard, si tu es tombée sur moi, en toute fin. Tu étais prédestinée à me toucher pour que je t'aide à te sauver."

Sila qui n'écoutait que d'une oreille, releva la tête et dit : "Je ne comprends pas, qu'est-ce que cela veut dire ?"

La météorite : Au commencement, il n'y avait que Dieu. Une lumière infinie, une conscience pure et parfaite. De l'Unique jaillit la Source, les galaxies, les étoiles, les planètes. Chaque particule de l'univers porte en elle un fragment de cette lumière originelle. Dieu, dans son immense amour, a voulu que la vie émerge de cette matière primordiale. Les premières formes de vie étaient simples, des organismes unicellulaires flottant dans les océans primordiaux. Mais au fil du temps, la conscience a émergé, un écho lointain de la conscience divine. Les êtres vivants ont commencé à se développer, à évoluer, à s'adapter à leur environnement. Et c'est ainsi que sont apparus les premiers êtres doués de raison, capables de se poser des questions sur leur existence et sur le sens de l'univers. Avec la conscience est venu le libre arbitre. Les êtres vivants ont eu la possibilité de choisir leur chemin, de décider de leur destin. Mais avec cette liberté est venue aussi la tentation. Certains ont choisi de s'éloigner du Créateur et de suivre des chemins obscurs. Et c'est ainsi que la corruption a fait son apparition dans les univers. Moi, la météorite, je suis un fragment du divin et de la Source, détaché lors d'une grande perturbation. Je porte en moi la mémoire de ces évènements primordiaux. Je suis ici pour te guider, Sila, et t'aider à comprendre ton rôle dans ce grand cycle de la création et de la destruction. Sila, tu portes en toi une étincelle de la Source, du divin. C'est cette étincelle qui te permet de résister habituellement à la corruption. Mais pour vaincre les ténèbres, tu dois te reconnecter à cette lumière intérieure. Tu dois te souvenir de qui tu es vraiment et d'où tu viens.

Sila avait écouté sans dire un mot. Puis, elle se releva et dit à tout le monde : "Je dois vous laisser, j'ai des choses à faire. J'ai l'intention de reprendre ma vie là où elle en était sur Catride."

Propulsio : Donc la météorite t'a parlé pour rien ?

Sila : C'est très bien tout ce qu'elle a dit, mais j'aime bien mon nouveau statut. Comprends moi, j'ai toujours été sage et gentille, j'ai toujours obéi au Créateur, pour quoi finalement ? Pour me faire kidnapper, endoctriner, d'une certaine façon "posséder", corrompue, et j'ai appris à aimer ça. Je rends la monnaie de leur pièce à tous ceux qui m'ont hué, humilié, fait pleurer, rejeté, mal aimé, et j'en passe. Pourquoi devrais-je renoncer à cela ? Aujourd'hui, je ne suis pas heureuse, je ne suis pas à mon aise mais je me sens pour la première fois, vivante. Je ressens ce que toutes ces méchantes personnes devaient vivre tout ce temps. Et je ne suis pas encore prête à revenir à ce que j'étais auparavant. D'ailleurs, je n'en ai aucun souvenir. J'ai l'impression que c'était dans une autre vie. Alors, si tu veux bien maintenant, laisse-moi passer et agir comme je l'entends. Elle s'éloigna et trouva des escaliers qui la mèneraient directement à la surface de la météorite. Elle les emprunta immédiatement.

Propulsio comprenait, malgré lui, ce qu'elle racontait, vivait et désirait. Il le regrettait mais ne pouvait s'empêcher de saisir le sens profond de ses propos et désirs. Il se déplaça d'un pas et elle entreprit de retourner sur la surface de la météorite.

6

La météorite déclara après qu'elle soit partit : "Je ne suis pas étonnée de son comportement et nous étions préparés à ce qu'elle réagisse ainsi. Peut-on le lui reprocher ? Non, parce que cela fait partie de l'humain de réagir de la sorte, surtout après une vie très pénible, entourée de personnes malfaisantes et indignes. Elle a besoin de faire ses propres expériences, mais je ne doute pas qu'elle reviendra très vite à la raison. En effet, elle a commencé sa purge et les effets du poison s'effaceront de plus en plus. Cela dit, Propulsio je te suggère de l'accompagner et de l'observer dans ses actes et son comportement. N'interviens dans aucun de ses jugements, aucune de ses pensées ou actions, ainsi nous verrons où nous devons appuyer nos efforts pour les soins."

Propulsio : J'ai une question, pourquoi ne peut-on pas la ramener chez elle près de la Source et de ses amis ?

La météorite se nommait Météoria, répondit : "Elle n'est pas encore arrivée à ce stade d'acceptation. Il lui faut réaliser encore du chemin, imagine-toi qu'elle se voyait comme un cafard géant, une vision d'elle totalement déformée et ridicule de la réalité. Elle a été la cible d'une des pires espèces des univers, pendant de nombreuses années, comment aurait-elle pu s'en sortir indemne, même avec toute la bonne foi des mondes, la sincérité, la foi en

Dieu et tout ce qui la représentait avant ? Non, il lui faut du temps. Nous le savons, Sila a toujours eu besoin de temps, surtout quand cela n'allait pas dans sa vie, elle a entendu mon discours, elle l'a mis dans un coin de sa tête et y repensera au moment voulu. J'en suis persuadée, ce n'est qu'une question de temps et elle reviendra vers nous, quand elle sera prête."

Propulsio : Bon, d'accord. Je la rejoins vite, je vous tiendrai au courant.

Météoria : Ne t'inquiète pas, nous vous suivrons de près.

Ce dernier hocha la tête et s'empressa de rejoindre celle-ci qui arrivait, à peine sur la surface de Météoria, elle observait les galaxies autour d'elle.

Il la retrouva rapidement et lui dit : "Je te mène où tu voudras, où allons-nous ?"

Sila : Ne te mêle pas de mes affaires ! Je n'ai besoin de personne.

Propulsio : Je ne suis pas là pour ça, je veux juste te faciliter la tâche, comment vas-tu faire pour retourner là-bas sinon ?

Sila soupira et finit par accepter. Elle grimpa sur lui et ils s'envolèrent.

7

Sila ne comprenait pas bien pourquoi elle avait l'impression d'avoir déjà voler sur ce dernier. Elle se garda bien d'en parler avec lui, mais cela la troublait énormément. Elle repensait malgré elle à ce que Météoria lui avait raconté et non, elle ne pouvait pas retourner à celle qu'elle était avant. Elle n'eut pas le temps de trop y repenser, qu'ils étaient arrivés sur le monde des Catrides.

Il la déposa devant la chambre dans laquelle elle avait découvert les fioles de la Source et le carnet. Elle les vit, tout était resté intact. Il ne semblait y avoir personne dans ce monde, tous étaient partis attaquer les mondes alentours comme c'était prévu depuis des mois. Elle ouvrit le carnet et elle vit apparaitre, ses amis Canelle et Mécasie qui la saluaient, Brian le Père Noël et même Charioton et ses amis en verre et Javelette. Elle ne les reconnaissaient pas mais ils ne lui étaient pas indifférents, elle ne savait pas du tout comment réagir. Elle ne laissait rien transparaitre. Elle referma le carnet et le déposa sur le bureau. Propulsio l'attrapa et le cacha dans ses affaires, mine de rien. Elle laissa sa haine, sa colère et sa rage remontaient à la surface et elle saccagea tout sur son passage, elle finit même par y mettre le feu. Ainsi, à leur retour, ils sauraient qu'elle était toujours vivante, indestructible et plus menaçante que jamais.

Après avoir mis le feu partout, elle hurla jusqu'à ne plus avoir de voix. Par les cris qu'elle poussait, l'on pouvait distinguer le poison sortir à toute vitesse par sa bouche et s'évaporer. Il y en avait tellement que cela donnait l'impression qu'il y avait une immense flaque au-dessus d'elle qui demeurait là, en suspens et qui finissait par disparaitre. Cela ressemblait à du goudron, c'était noir et malodorant. C'était collant et gluant. C'était horrible !

Il fallait qu'elle se libère totalement. Elle était sur la bonne voie. Au bout d'un temps, elle s'effondra sur le sol et se mit à pleurer à chaudes larmes. Elle ne s'arrêta plus pendant des heures. Il la fit monter sur son dos et il s'envola pour se poser sur un autre monde désertique. Elle ne se rendit même pas compte qu'elle ne se trouvait plus au même endroit. Quand, enfin, elle se calma et qu'elle s'aperçut des lieux, elle dit : "Où sommes-nous ?"

Propulsio : Dans un monde calme et seul pour ne pas risquer de se faire pourrir davantage par les Catrides.

Sila ne répondit rien, elle n'en avait pas la force. Elle n'arrivait pas à exprimer ce qu'elle ressentait exactement. Elle se sentait perdue.

8

Propulsio avait rejoint Météoria désemparé de l'état de Sila. Cette dernière n'avait pas bougé depuis sa vengeance sur le monde des Catrides. Météoria s'exclama alors : "Tu n'aurais jamais dû revenir ici sans elle, tu n'aurais jamais dû la laisser seule !"

Propulsio : Pourquoi donc ? Elle est très certainement au même endroit, cela fait déjà cinq jours qu'elle pleure, quasiment sans s'arrêter, je n'avais jamais vu ça et je ne pensais pas que cela soit possible non plus…

Météoria : Tu ne connais rien des humains, il y a beaucoup de choses que tu dois apprendre à leur sujet. Cela dit, ne reviens pas ici sans elle.

Propulsio : Je ne comprends pas pourquoi, je venais pour demander de l'aide et des conseils. Il semble que je sois de trop…

Météoria : Ne le prends pas ainsi, il faut se montrer prudent, son état risque d'empirer.

Propulsio : Pourtant nous avons débutés les soins sur elle, cela devrait aller mieux, non ?

Météoria : Non, puisque cela n'a toujours pas agi. C'est qu'il y a quelque chose que nous n'avons pas détecté.

Propulsio ne sut quoi répondre. Il s'en retourna près de celle-ci mais ne la retrouva pas.

En effet, elle avait attendu qu'il s'absente et se lasse de la voir dans cet état pour s'échapper. Depuis qu'elle avait mis le feu à son ancien monde, elle avait entendu des voix dans sa tête. Au début, elle pensait qu'elle devenait folle mais elle comprit assez rapidement qu'il n'en était rien.

Plus le temps passait, plus les voix devenaient fortes et prenaient le contrôle sur elle. C'est ainsi qu'elle avait saisi l'occasion de déserter pour ne pas se coltiner ce dernier.

Elle se découvrit des pouvoirs surnaturels et les voix prendre possession de son corps et lui dire d'un air menaçant : "Tu ne t'en sortiras jamais ! Nous sommes avec toi dans un but précis, te corrompre, et nous tiendrons notre mission jusqu'au bout."

Sila réalisait qu'en fait le poison était vivant et refusait de s'avouer vaincu. Il puisait dans ses dernières forces pour la manipuler et qu'elle agisse de la pire des sortes. Le poison se nommait Virusor et comptait bien l'anéantir totalement.

Il prit le contrôle de son corps, lui faisant changer d'apparence et devenir un oiseau-squelette au long bec crochu et tranchant à souhait qui planait autour des univers, il la posa sur un monde, à priori inconnu. Il la fit aller vers une cascade, il la dépassèrent et retrouvèrent Charioton, Belmon, Luniaque, Amayeur et tous les autres. Que faisaient-ils là ? Qui étaient-ils réellement ?

9

Ces derniers ne reconnurent pas Sila. En effet, elle avait gardé sa forme d'oiseau-squelette et Virusor avait le contrôle total sur sa proie. Il en faisait ce qu'il voulait, il tentait le tout pour le tout afin de garder sa place en son sein. Luniaque s'approcha et lui dit : "Où étais-tu passé ? Cela fait un sacré bout de temps que l'on ne t'avait pas vu dans les parages !"

Virusor : C'est normal, j'étais parti en observation pour voir où l'on pourrait attaquer.

Luniaque lui donna un coup de pattes en pleine face tout en disant : "Je te rappelle que ce n'est pas de ton ressort mais du nôtre. En plus, on s'est un peu calmés depuis quelques années, on est en recherche active de notre amie qui a disparu."

Virusor : Ah oui et comment s'appelle-t-elle ?

Belmon : Elle se prénomme Sila. C'est Charioton qui l'a rencontré le premier et nous nous sommes tous attachés à elle.

Virusor : Vous m'en direz tant… Et si je vous disais que j'ai entendu son nom là où je suis allé, est-ce que ça vous intéresserait ?

Charioton s'approcha dangereusement de lui et rétorqua : "Où est-elle ?"

Virusor se recula et fit non de la tête puis il ajouta : "Je vous dirais ce que je sais si vous m'accompagnez réaliser tout ce que j'ai en tête, sinon vous ne reverrez jamais votre amie. C'est à prendre ou à laisser !"

Charioton s'était agrandi et le regardait d'un air très menaçant. Storitite lui dit : "Viens, nous devons discuter rapidement de ce que nous allons faire..."

Virusor : Très bien, je vous attends là. Mais ne tardez pas trop sinon ce sera trop tard !

Charioton réduisit sa taille et rejoignit les siens. Ils discutaient avec animation, ils s'étaient dédoublés et étaient en même temps dans ce monde reclus et près du Père Noël avec Javelette en attendant des nouvelles de leur protégée. Aucun d'eux ne se doutaient de la supercherie et que leur amie était prise au piège de ce vaurien de Virusor qui la faisait atrocement souffrir, s'accrochant de toutes ses forces en elle, la manipulant autant que possible. Ils retournèrent près de ce dernier et lui dirent : "Nous te suivons mais après cela, dis-nous tout ce que tu sais à son sujet ! Si tu venais à ne pas tenir ta parole, sache que nous n'hésiterons pas à te tuer, vermine !"

Ce dernier hocha la tête, étouffant un rire triomphant, un sourire au bec. Il leur dit : "Très bien, suivez-moi, nous avons beaucoup de travail !"

10

Il les mena vers plusieurs mondes qu'ils détruisirent en saccageant tout sur leur passage. Ainsi, des dizaines de lieux furent anéantis. Puis, il décida de leur révéler une partie de la réalité. Il leur dit : "Vous savez quoi, comme je suis d'une nature très aimable, je vais vous donner un petit indice d'où je connais Sila."

Ces derniers s'approchèrent et attendaient avec impatience ce qu'il allait leur dire, mais au lieu de cela, il la fit revenir à son état naturel. Tous les animaux en verre demeurèrent choqués par cette vision. Ils se trouvaient, à présent, autour d'elle.

Celle-ci apparaissait très amaigrie à la limite de l'anorexie, elle n'avait plus que la peau sur les os, son regard était un mélange entre le vide et la folie meurtrière de Virusor. Ils n'en revenaient pas de la voir là. Depuis l'apparition de l'oiseau-squelette, elle était auprès d'eux, jamais ils ne l'auraient cru.

Charioton comprit la supercherie et s'exclama : "Mais ce n'est pas possible, Sila ne serait jamais devenue une pourriture ! Qui es-tu ? Et que lui as-tu fait ?"

Virusor : Hahaha vous ne le saurez jamais. Je vous ai montré ce qu'elle est pour que vous teniez vos engagements, sinon tuez-moi et vous la tuerez également. Je m'en moque !

Storitite, choqué s'avança et le becta si fort que Sila poussa un cri strident. Tous demeurèrent très peinés, très attristés de constater qu'il s'agissait bien d'elle. Elle avait repris le dessus sur le poison qui luttait pour poursuivre sa quête. Elle leur hurla dessus : "Mais pourquoi ? J'ai mal maintenant ! Qui êtes-vous ? Que me voulez-vous ?"

Charioton s'approcha et lui dit doucement : "C'est moi, ton ami, tu n'as quand même pas oublié qui j'étais ?"

Sila : Je ne me rappelle de rien concernant celle que j'étais avant mon enlèvement par Caombre ! Il m'a implanté un capteur dans la nuque que j'ai arraché en le découvrant et dans celui-ci il y avait un poison de corruptibilité qui m'a fait vivre l'enfer, je suis passée par plusieurs phases et j'ai agi comme une brute, mais après avoir découvert la vérité, j'ai demandé des explications à Caombre qui m'a révélé tout ça et je l'ai tué et j'ai pris sa place.

Et en prenant possession de sa chambre, j'ai découvert un carnet et les fioles d'eau que j'ai bu, j'ai été prise de violents maux de ventre et je me suis évanouie, ensuite je me suis réveillée sur une météorite et un arc lumineux qui m'a dit s'appelait Propulsio, il m'a expliqué qu'il était passé par là avant moi et qu'il était là pour me secourir comme je l'avais fait quelques années avant. Je n'ai aucun souvenir de cette période, la seule chose que je sais, que je veux, c'est qu'on me libère de ce poison, c'est lui qui a pris possession de moi et qui m'a fait faire toutes ces choses horribles. Avec Propulsio, nous avons été aspirés dans la météorite qui m'a expliqué les débuts de la vie et qui m'a parlé de la Source, etc. Je ne l'ai pas écouté et je suis partie me venger du monde des Catrides pour tout ce qu'ils m'avaient fait subir. Puis, après Propulsio m'a emmené sur un monde désertique où j'ai pleuré de nombreux jours, et où j'ai entendu le poison qui restait encore en moi, me parlait et prendre possession de ce qu'il restait de moi. Je suis comme morte, je ne me rappelle rien et ce maudit Virusor refuse de me laisser tranquille. Tuez-moi ! Qu'on en finisse ! Ma vie est si difficile, je n'en peux plus !"

Tous l'avaient écouté, ahuris par les nouvelles glaçantes de sa disparition, ce qu'elle était devenue tout ce temps, jamais ils n'auraient cru qu'elle pourrait être la cible d'autant d'atrocités, ils avaient une envie incroyable de se venger mais comment éradiquer ce fichu poison sans la blesser ? Il fallait, à tout prix qu'ils trouvent une solution définitive et rapidement.

11

Tout à coup, le poison reprit le contrôle en l'insultant copieusement : "Tais-toi donc imbécile ! Tu ne reprendras plus le contrôle sur moi, j'ai une mission à poursuivre et je la mènerais avec tes amis jusqu'au bout, sinon qu'ils me tuent et que l'on n'en parle plus. Quoi qu'il arrive, je serais gagnant !"

Charioton se retint de lui porter un coup de peur de blesser cette dernière qui avait retrouvé sa forme d'oiseau-squelette. Il finit par lâcher : "Mais d'abord, comment se fait-il que tu nous connaisses ? D'où viens-tu ?"

Virusor : Je suis étonné que tu ne te rappelles pas de moi, je suis pourtant un allié de taille depuis fort longtemps.

Charioton jeta un rapide coup d'œil aux siens qui avaient l'air d'ignorer de quoi il pouvait bien parler, il rétorqua : "Rafraichis-nous la mémoire, parce que là tout de suite, on ne voit pas."

Virusor : Oui, oui, je vous dirais, mais avant, nous devons poursuivre notre quête.

Amayeur : Nous n'irons nulle part avec toi, nous avons suffisamment détruits comme ça. Nous voulons des réponses et tant que nous ne les obtiendrons pas, nous ne bougerons pas. Inutile d'insister, tu dis nous connaitre, alors tu sais bien qu'il ne sert à rien d'essayer.

Virusor s'impatientait. Et pour montrer son mécontentement à ces derniers, il fit brûler les pattes de Sila, qui s'enflamma. La douleur était si intense qu'elle reprit le dessus et hurla. Storitite fit apparaitre de l'eau et lui versa dessus mais le feu continuait de brûler. Il lança : "Qu'as-tu fait ?"

Virusor : Allez-vous oui ou non me suivre ? Je la brûlerais entièrement, je n'en ai rien à faire !

Luniaque s'approcha de très près, il colla sa tête contre ce dernier et l'air mauvais répondit : "D'accord ! Nous ferons ce que tu veux, mais nous nous vengerons, qui que tu sois et d'où que tu viennes."

Virusor : Très bien, allons-y.

Le feu prit fin dans l'instant et ils s'envolèrent vers d'autres lieux. Après quelques minutes, ils arrivèrent sur un groupement de mondes ressemblant étrangement à la terre. Les animaux en verre ne connaissaient pas cet endroit, ils se regardaient étonnés. Pourtant, ils connaissaient tous les recoins des univers. Ils comprirent que c'était un piège. Ils lui dirent : "Où sommes-nous ?"

Virusor : Vous verrez bien. Cela ne sera plus long du tout.

Ils survolaient les mondes, à basse altitude, quand celui-ci se posa au sol et rentra dans une grotte sinueuse, sombre et ténébreuse. S'ensuivit un dédalle de piste à emprunter, ils se retrouvèrent au bout d'un moment face à une cascade "d'eau de feu". Ils comprirent instantanément. Ils se concentrèrent et ne dirent plus un mot. Tous leurs efforts devaient tourner sur leur amie, ne pas la blesser et éradiquer le mal une bonne fois pour toute.

12

Du feu en cascade sortirent trois énergumènes peu fréquentables, terrifiants et répugnants. Ils s'avancèrent au centre et s'adressèrent à Virusor : "Tu as réussi ta mission, tu vas pouvoir retrouver un semblant de liberté, approche-toi, que nous te sortions de là. La fille est maintenant à nous et ses amis n'y pourront rien."

Charioton s'était attaché à Sila, depuis petite, il l'observait. Elle aimait s'occuper des plus faibles, elle avait beaucoup de patience, de gentillesse en elle. Elle n'avait pas les mêmes centres d'intérêts que les autres, elle était plus spirituelle, plus calme. Même si, bien entendu, par moment elle retrouvait son entrain d'enfant. La plupart du temps, elle était différente. Il l'appréciait beaucoup à l'époque, il aimait encore plus maintenant qu'il la côtoyait chaque jour, ou du moins jusqu'à son enlèvement brutal. De les entendre parler ainsi, il ne le supportait pas, ce qu'il voulait, là tout de suite maintenant c'était les exterminer tous, les envoyer vers le néant, qu'ils brûlent tous pour tout le mal causé autour d'eux, à s'attaquer à des innocents, de belles âmes, de belles personnes.

Il se contenait, malgré lui et attendait. Et il faut dire que ses amis étaient, ressentaient et pensaient comme lui. Tous se tenaient prêts à intervenir, à attaquer, à en découdre avec ces pourritures, ces malfaisants, ces monstres sans foi ni loi.

Sila ou dirons-nous plutôt, l'oiseau-squelette se tenait au centre devant la cascade de feu. Elle fut rapidement entourée de Poubellus, Ordurio et Déchetor. Ces derniers étaient eux-mêmes suivis de mini feux au regard mauvais, sournois et menteur. Ils encerclèrent Sila et jouaient à la brûler de-ci, de-là. Ils semblaient prendre du plaisir à la voir souffrir et à l'entendre gémir. Cela les nourrissaient, cela les rendaient plus forts.

Ils furent stopper net dans leur élan par un être supérieur tant en taille, qu'en forme, qu'en manipulation et en fourberies. Il ressemblait à un corbeau cornu, du sang noir s'écoulait de ses orifices, il avançait d'un pas sûr et semblait avoir des attentes toutes particulières auprès de Sila. Il se posta devant elle, Virusor lui témoigna son allégeance : "Maître, je vous ai ramené ce que vous cherchiez depuis longtemps. C'était un des plus brillants plans que de me faire transformer en poison et de le donner à Caombre pour la corrompre, cela a fonctionné à la perfection. Nous voici enfin, devant vous."

Ce dernier s'avança et dit dans un grognement : "Tu as bien agi, tu auras ta récompense, tu me rejoindras dans ma demeure éternelle."

Puis, il se mit à rire à gorge déployée. Il toucha du bout de sa patte crochue, la peau de l'oiseau-squelette et le poison en sortit et retrouva sa forme initiale, qui n'était autre que la forme qu'il faisait prendre au corps dans lequel il logeait. Tout ce temps, il était à la solde de Safique. Il avait fait, il y a longtemps amis-amis avec les animaux en verre, pour les surveiller mine de rien et avoir un accès direct à la cible ultime de ce dernier.

Charioton bouillait intérieurement et les insultaient copieusement. Ces visions lui donnaient la nausée. Il n'était pas le seul dans ce cas.

Sila fut attrapée par les trois sous-fifres de Safique et menée au centre de la cascade pour la marquer comme ces derniers. Ainsi, elle aurait les mêmes attributs que tous ceux qui se trouvaient présents. C'est à ce moment-là que les animaux en verre intervinrent. Ils se concentrèrent et neutralisèrent les sbires, laissant la possibilité à Sila de s'éloigner. Celle-ci était tellement affaiblie qu'elle n'eut pas la présence d'esprit de se déplacer.

Ses amis s'occupaient de Safique qui ripostait avec rage et haine. Alors que Sila se faisait harceler par les mini feux, elle fut rejointe par Météoria et Propulsio. Ce dernier lui dit : "Heureusement que Météoria a gardé un œil sur toi depuis sa rencontre avec toi, sinon Dieu sait comment tu aurais terminée avec ces petites enflures."

Il la souleva et l'éloigna. Météoria parlait à Safique : "Tu n'as pas le droit de l'utiliser et la marquer comme tu l'as fait avec d'autres. Elle appartient au Créateur. Tu le sais, je le sais, nous le savons tous, tu n'y peux rien. Va jeter ton dévolu ailleurs mais pas sur elle."

Safique : Tais-toi donc, Dieu n'est pas là. Il me laisse faire tout ce que je veux, s'il était contre, je ne pourrais pas être là avec elle. Demandez-lui ce qu'elle veut, vous verrez bien ce qu'elle répondra.

Météoria le prit au mot et dit à cette dernière : "Sila, préfères-tu rester auprès de Safique ? Ou retourner auprès de nous ?"

Sila fixait cet être abjecte qui lui avait volé sa vie. Elle se sentait épuisée mais depuis qu'elle était arrivée là, la seule chose positive, c'est que Virusor avait enfin quitter son corps. Elle ne répondait rien, elle pensait lentement.

Safique éclata de rire et dit : "Qui ne dit mot consens, elle veut rester avec moi. Je le savais."

Puis, il entendit des mots qu'il ne croyait pas entendre de sa part : "Non, je veux retourner auprès de vous tous, je veux retrouver la Source et mes amis, ma famille. Je veux que l'on m'oublie, que l'on me soigne et que j'en ressorte grandie, plus forte et meilleure."

Safique ne supportant pas ses mots se vengea sur elle, qui se trouvait toujours sur le dos de Propulsio. Elle brûla si intensément qu'elle aurait dû disparaitre mais c'était sans compter sur ses amis et la Source qui s'était déplacée pour l'occasion. Ainsi, les feux de la cascade, les sbires et autres dégénérés, virent leur fin arrivait. La Source dit à Propulsio : "Jette-là dans mon eau immédiatement !"

Ce dernier la laissa glisser dans l'eau avant que Safique ne puisse y faire quelque chose. Sila hurla très longtemps, toutes les misères, toutes les douleurs, tous les sentiments, ressentis et émotions vécues, endurées et passées étaient en train de disparaitre. Les soins avaient commencés et jamais plus elle ne pourrait être la cible de Safique, directement ou non. Bien sûr, d'autres méchants tenteront de la manipuler, de la faire tourner en bourrique mais plus jamais aucun d'entre eux ne pourraient la corrompre de quelque façon que ce soit, l'anéantir comme cela et la briser, l'éloignant même de son essence divine ainsi que de son innocence.

Safique hurla de rage, il voyait Sila se faire soigner, il lui était impossible de la récupérer dans cette eau bénie et divine, il aurait dû pouvoir l'avoir pour lui, en faire ce qu'il voulait. Il se vengerait, il retenterait autrement. Charioton et les siens l'encerclèrent et le passèrent à tabac longuement. Ils s'en donnèrent à cœur joie. Cela dura autant de temps que l'absence de leur amie et protégée. Grâce à Dieu, elle avait été sauvée et avait retrouvé la Source qui avait reçu la permission d'intervenir, elle retourna vite sur leur monde, invitant par la même occasion Météoria et Propulsio à les suivre.

Ils retrouvèrent Brian, le Père Noël, les lutins, les habitants de leur monde, Javelette qui peinaient à croire à ce qu'ils voyaient. La Source, Météoria et Propulsio leur racontèrent tout ce qu'il lui était arrivée tout ce temps. Ils n'en revenaient pas et pour étayer leurs dires, ils firent apparaitre les images en action du temps où Sila était corrompue par Virusor. Aucun d'eux ne s'attendaient à cela. Ils réalisaient l'ampleur des dégâts et imaginaient parfaitement les séquelles importantes qu'une telle violence avait laissé derrière. Ils étaient prêts à l'aider, la seconder et l'écouter, la suivre pour toujours. Jamais plus, ils ne se sépareraient d'elle. Ils décidèrent de se rapprocher et de s'installer tout près afin de ne plus revivre une absence soudaine et meurtrière de la sorte. Sila était enveloppée de l'eau de la Source, des bulles se formaient tout autour de son corps squelettique, de sa tête. Ces bulles devenaient noires, malodorantes et collantes comme de la glue.

Il fallut à la Source, plusieurs jours pour la nettoyer complètement de l'intérieur et de l'extérieur et lui faire retrouver la mémoire, pour qu'enfin, Sila revienne à elle petit à petit. Un soir, après avoir traversé des semaines de soins intensifs, elle ouvrit les yeux et se les frotta. Elle entendit une voix lui dire : "Enfin, te revoilà auprès de moi, j'avais hâte de pouvoir te retrouver et j'espère que tu ne me quitteras plus de la sorte."

Sila : Oui, moi aussi. Merci de m'avoir soigné.

La Source : Comment te sens-tu ?

Sila : Je me sens faible, dans tous les sens du terme.

La Source : Oui, je comprends. Mais ne t'inquiète pas, tu vas retrouver ce que tu étais avant tout ça et tu seras encore meilleure. C'était terrible mais cela t'a permis de faire les bons choix, en ton âme et conscience. Ton instinct premier est apparu et tu as choisi la vie, l'amour et le divin. Je te félicite pour tout.

Sila : Mais j'ai détruit des vies.

La Source : Ce n'était pas de ton fait, c'était Virusor, Caombre, Safique et tous les autres. Ce sont eux, les vrais responsables de ces tragédies. Toi, tu n'as été qu'un rouage dans leur plan machiavélique. Ils t'ont utilisé pour te corrompre, car tu as toujours représenter ce qu'ils ne seront jamais et il n'y a que Dieu qui puisse sauver, quoi qu'en dise les sceptiques, les mécréants et les agnostiques. Tu as toujours gardé cela en toi, malgré le poison de corruptibilité. Sinon, crois-moi nous ne serions pas venus te sauver. Remets-toi doucement, nous sommes tous à tes côtés et nous prendrons soin de toi. As-tu faim ?

Sila : Oui très faim.

La Source : C'est très bien. Mange lentement, sinon tu risquerais d'avoir mal au ventre, tu dois retrouver des forces, tu dois te remplumer également.

Sila se redressa et trouva à ses côtés Javelette qu'elle n'avait pas vu et qui lui dit : "Je suis si heureuse de te retrouver, je suis désolée de n'avoir rien pu faire pour te sauver ! Pardonne-moi mon amie !"

Sila : Ce n'est pas grave, j'ai l'impression que tout ce qui m'est arrivé devait se passer pour me faire grandir, certes je m'en serais volontiers passer mais j'ai forcément évolué même si pour l'instant, je ne le vois pas ni ne le ressens. Il va me falloir du temps.

Javelette : Je comprends, je te trouve tellement courageuse et ferme dans tes propos. Tu m'impressionnes beaucoup !

Sila lui sourit et ne répondit rien. Javelette l'aida à sortir de la Source et l'emmena à l'intérieur des demeures qui s'étaient agrandies pour contenir tout le monde.

13

Dès qu'elles franchirent le pas de la porte, elles retrouvèrent tout le monde au grand complet. Sila peinait à croire qu'elle avait sauvé toutes ces personnes alors qu'il y a encore peu, elle avait détruit tout autant de monde, si ce n'est plus. Le contraste était effroyable pour elle. Et c'est là qu'elle réalisa l'ampleur des effets néfastes sur elle, il lui faudrait du temps avant de s'en remettre.

Elle salua tout le monde mais semblait un peu déconnectée de cette réalité. Charioton et les siens étaient rentrés quelques jours plus tard, après avoir bien lynchés Safique pour tout le mal causé sur elle et sur les mondes.

Ils avaient attendus patiemment qu'elle revienne auprès d'eux. Ils se rendirent compte qu'elle n'était pas comme d'habitude et réalisaient pleinement l'étendue des dégâts. Ils seraient, quoi qu'il arrive, présents pour l'aider, maintenant qu'ils l'avaient retrouvé, il n'était plus question qu'ils s'en séparent.

Brian, le Père Noël se trouvait sur sa gauche, il lui dit : "J'ai eu si peur lorsque l'on m'a annoncé ta disparition. J'ai beaucoup prié pour toi, pour ton retour ! Nous avons essayé de te retrouver mais nous n'y sommes pas parvenus, pardonne-moi !"

Sila lui toucha la main et répondit : "Vous n'avez rien fait, rassurez-vous. Vous ne pouviez pas imaginer l'ampleur de la situation, je ne vous en veux pas. Mangeons tant que c'est chaud."

Brian ne répondit rien et la regarda manger en silence. Il ressentait son mal-être, lui aussi. Il se sentait soulagé de l'avoir retrouver enfin mais se reprocher sa disparition. Cependant, il devait se focaliser sur son rétablissement et il s'était entendu avec ses lutins et tous les autres membres de sa grande famille de Noël pour mettre tout en œuvre dans ce sens.

À la fin du repas, Sila se leva et leur dit : "Excusez-moi mais je vais aller me coucher, je sens une énorme fatigue m'envahir. Je vous remercie pour ce très bon repas, cela faisait bien longtemps que je n'en avais pas manger d'aussi bon et copieux. J'avais oublié ce que c'était."

Storitite répondit : "Tu n'auras plus jamais à vivre cela, nous ne le permettrons pas ! Nous peinons à imaginer ce que tu as traversé toutes ces années... Mais sache que l'investigateur de ton malheur a reçu la correction de sa vie misérable, et nous recommencerons chaque jour jusqu'à ce que tu te rétablisses complètement."

Sila dit alors : "Ce fut pour moi, la pire épreuve à traverser, supporter, vivre et endurer. Pas seulement physiquement, mais dans mon âme. Je ne savais plus qui j'étais, je n'avais plus de conscience, plus rien ne comptait pour moi à part faire du mal. J'aurais besoin de temps pour retrouver ce que j'étais. Mais avec votre présence, ce sera plus doux et plus facile alors d'avance pardon pour mes réactions et merci pour tout ce que vous faites et ferez. Bonne nuit ! Et à demain !"

Elle se leva, partit se laver, se brosser les dents, se changer de vêtements et se plongea dans son lit, versa quelques larmes et s'endormit.

Tous les siens débarrassèrent la grande table sans dire un mot. Puis, au moment de se quitter, ils se dirent à tour de rôle : "Elle ne sera pas seule comme toutes ces dernières années, elle s'en remettra, nous serons à ses côtés, elle a une grande famille qui l'aime et qui lui veut du bien. Cela renversera la vapeur et lui fera "oublier" ou accepter ce qu'il s'est passé. Nous ne l'abandonnerons pas une seconde fois. Elle nous a sauvés, à nous de lui rendre l'appareil."

Sur ces belles paroles, ils se laissèrent pour la nuit, se promettant de tout faire pour retrouver leur amie précieuse pour les mondes.

Javelette tourna les manivelles de la machine à rêves, souhaitant qu'elle en fasse de beaux pendant sa première nuit parmi eux depuis longtemps. Elle se coucha près d'elle et s'endormit, le cœur plein d'espoir et de reconnaissance de l'avoir retrouver saine et sauve.

Le chemin serait tortueux mais l'avenir demeurait doux, bon et beau auprès de celle qui réunissait et faisait battre les cœurs à l'unisson.

FIN